글벗시선 177 신희목 시집

짱아

신희목 지음

시집을 출간하며

나는 글을 쓸 줄 모릅니다.
색칠도 잘하지 못합니다.

길을 걷다가 밥을 먹다가
낱알 하나 떨어지면
잔 먼지 툭툭 털어버리고
덥석 주워 담았습니다.

책을 읽다가 얘길 하다가
낱말 하나 얻어지고
툭 건드려 보고 꿈틀거리면
냉큼 주워 넣었습니다.

언어의 묘기도 없습니다.
나는 시를 쓸 줄 모릅니다.

귀한 인연님 감사합니다.
특히, 그대 사랑합니다.

– 2022년 가을에

차 례

■ **머리글** 시집을 출간하며 · 3

제1부 사랑 잇다

1. 반달 · 13
2. 가을에 물들다 · 14
3. 고질병 · 15
4. 여름과 가을 사이 · 16
5. 석류가 익어간다 · 17
6. 말, 말 · 18
7. 옳소 · 19
8. 붉은 노을 · 20
9. 인생아 아프지 말자 · 21
10. 테스 형 · 22
11. 옷을 벗다 · 23
12. 가파도에 가면 · 24
13. 난 모릅니다 · 25
14. 다름과 틀림 · 26
15. 풍경 · 27
16. 모르지요 · 28
17. 깨꽃이 피었다 · 29

18. 짱아 · 30
19. 불비불명(不飛不鳴) · 31
20. 애가(愛歌) · 32
21. 귀하의 하루는 · 33
22. 짧고도 긴 시 · 34
23. 꽃 진 자리 · 35
24. 귀 좀 빌려주세요 · 36
25. 고뇌 · 37
26. 커피 담다, 닮다 · 38
27. 중년에게 띄우는 편지 · 39
28. 사랑 잇다 · 41
29. 시시한 詩 · 42
30. 오이도에 가보자 · 43

제2부 오늘도 내일은 어제

1. 사월이 오면 · 47
2. 참새의 하루 · 48
3. 노포 읽기 · 49
4. 억새꽃 · 50
5. 정거장 · 51
6. 커피를 줄일까 해 · 52
7. 우리 종점에서 만나자 · 53
8. 어제, 오늘, 내일 · 54

9. 나의 꿈 · 55
10. 바람이고 싶다 · 56
11. 경로를 탐색 중입니다 · 57
12. 경계점 · 58
13. 그게 사랑 · 59
14. 바람벽 · 60
15. 젊은 청춘들에게 · 61
16. 나는 누구 · 62
17. 포장마차 · 63
18. 수신자가 변경되었습니다 · 64
19. 너 닮았다 · 65
20. 잘 있어 · 66
21. 헐렁하게 · 67
22. 그리고 · 68
23. 걱정마 · 69
24. 비밀의 숲 · 70
25. 속담 놀이 · 71
26. 오늘도 내일은 어제 · 72
27. 세월의 편린 · 73
28. 느린 이야기 · 74
29. 스물여덟(2월) · 75
30. 비와 당신 · 76

제3부 바람의 언덕

1. 그래도 말야 · 79
2. 숨비소리 · 80
3. 여백 · 81
4. 끄트머리에 · 82
5. 사색의 통로 · 83
6. 법문 · 84
7. 어둠의 농담(濃淡) · 85
8. 마라도 연정 · 86
9. 세 잎 클로버 · 87
10. 봄앓이 · 88
11. 라일락 향기 · 89
12. 내가 갈까 · 90
13. 비밀 일기 · 91
14. 물안개 · 92
15. 고백합니다 · 93
16. 저 꽃 지는 날 · 94
17. 기다림 · 95
18. 아주 오래된 이야기 · 96
19. 접시꽃 · 97
20. 바람의 언덕 · 98
21. 초록 밤 · 99
22. 그대는 장미 · 100
23. 오월의 사랑 · 101

24. 나비 날다 · 102
25. 봄이라 할래 · 103
26. 늘 봄 · 104
27. 벌써 · 105

제4부 그래야 하거든

1. 맥문동(snake's-beard) · 109
2. 그리움 · 110
3. 의성이시더 · 111
4. 고향 · 112
5. 비의 랩소디 · 113
6. 나름 괜찮은 날 · 115
7. 울 둥둥이 · 116
8. 칠석(七夕) · 117
9. 마라도 일기 · 118
10. 종 쳤다 · 119
11. 구조 신호 · 120
12. 성산 잡기(雜記) · 121
13. 오류 · 122
14. 당신이 좋은 걸 · 124
15. 위로 · 125
16. 작은 음악회 · 126
17. 이게 뭐지 · 127

18. 가을을 마중하다 · 128
19. 너의 뒷모습이 보여 · 129
20. 해감하는 날 · 130
21. 비가(悲歌), 비가 · 131
22. 비 개인 오후 · 132
23. 난타 · 133
24. 그래야 하거든 · 134
25. 취야(醉夜) · 135
26. 능소화 비틀기 · 136
27. 비요일 오후 · 137
28. 소나기 · 138
29. 뜨락에는 · 139
30. 꽃밭에는 · 141
31. 소래 포구 · 143

■ 서평

삶의 음미하기를 통한 즐거운 시 읽기 / 최봉희 · 144

제1부

사랑 잇다

반달

나에게 너는
언제나 반달이었다

아직 한 번도 너는
온달도 아니었고
쪽달도 아니었어

다가가면 멀어지고
오는 듯 멈칫거리고
늘 거기 그 자리에서

너에게 나는
언제나 반달이었다

가을에 물들다

물안개 걷힌
가을 호수가 물들었다

높은 바위산과
붉은 단풍과
파란 하늘과
하얀 구름까지

모두가
가을 호수로 들어갔다
호수는 넘치지도 않고
젖지도 않았다

내 마음의
호수만 넘쳐 물들어 간다

고질병

요즘 나는 매일을
휘청거리며 설레입니다
어제도 그랬고
오늘도 그랬습니다

아침이 설레고
또 내일이 설레고
꽃을 보고 구름을 보아도
바람이 불고 낙엽이 지고
비가 오고 눈이 내려도'
마냥 설렘입니다

물론 당신을 처음 본 날
그날도 설렘이었습니다
지금도 매일 설렘입니다

내 몸 안에 기생하는
이 못된 설렘이란 체증
나에겐 고쳐지지 않을 병
이 고질병 안고 살아갑니다

여름과 가을 사이

빗장 건 나무 대문 틈새
바람이 뱉는 외마디 소리
골목 어귀 담장 위 노란 꽃
뜻 모를 미소 한 가닥

고삐 풀린 푼수데기
검은 염소 한 마리
괜히 하늘에 고자질을 한다

여름이 사는 집에
가을이 밤마다 왔노라고
여름과 가을의 야릇한 사이를

골목길 줄달음하는 세월
바람을 타고 동구 밖 나설 때
햇살 퍼질러 앉은 담장 위
백수 구름이 말없이 흐른다

석류가 익어간다

소리 없는 비가 내리는 까만 밤
작은 씨앗 하나 가슴에 담았습니다

밤과 낮의 교대 속에서
은밀한 말 한마디 없었어도
가슴은 자꾸 봉긋하게 부풀어
부끄러움에 붉디붉게 물들었습니다

그렇게 안으로만 영글던 날들
가슴에 가득 영롱하게 맺힌
그리움의 낱알은 어찌하나요
내쳐 달리는 저 바람 외면하고 갑니다

쨍그랑 깨어지는 햇살 한 줌에
참을 수 없는 그리움 한 모금
울컥 토하고 말았습니다

말, 말

말은
말의 다리를 보아야 한 대

얼마나 잘 달릴 수 있느냐가
얼굴이 잘 생긴 게 아니고
곧은 다리에 이유가 있다 하더라

말은
말의 행간을 보아야 한 대

숨겨놓은 말이 무엇이냐가
서두에만 있는 게 아니라
모호한 문장에 지문이 있다 하더라

말은, 말미(馬尾)를 조심하고
말은, 말미(語尾)까지 살펴라

옳소

옳소
당신 말이

휑하게 빈
대문 밖의 풍경
두 눈 끔벅거리며
늙은 어미 소가 여물도
거들떠보지를 않고

어스름 노을이 찾아드니
곧 어둠이 자리할 것 같은데
들로 나간 철딱서니는
어디를 돌아다니는지
돌아오지를 않네

등짝이 시리고
허기가 질 때면
올 소는 돌아올 거라는

당신 말이
옳소

붉은 노을

은빛 머리 휘날리며
바람의 애무를 기다리는
언제부터 너도 꽃이라 했었지

억새의 품으로 들어가는 길
조심스러운 모두 걸음에
푸드득 이름 모를 새가 있었네

숨겨둔 내 마음 들켜버린건가
노을에 비친 내 얼굴이
더욱더 붉어져 가고

기척에 놀란 민망함인 듯
미동도 없이 물에 잠긴
붉은 노을 눈치채고 일렁인다

인생아 아프지 말자

인생아
아프니까 청춘이고
아픈 게 사랑이라면

그러면
내 청춘을 반납하고
다신 사랑하지 않을래

그대야
아픈 건 정말 싫더라
이젠 우리 아프지 말자

테스 형

테스 형
형이 “너 자신을 알라” 하길래

바닷바람 껴안고 한참을
홀로 앉아 있었습니다

나의 작은 가슴을
나의 좁은 마음을
나의 못난 모습을

파도보다 못했습니다
바다보다 못했습니다

넓고 싱싱한
저 바다를 닮아야겠습니다

옷을 벗다

살금살금
오는 길 소리도 없이
몰래 비밀의 통로로 온 너

봄, 여름, 가을
새 옷으로 단장하고
날마다 미소 짓게 하더니

슬그머니 멀어져도
잡지 못한 몹쓸 자존심
노을 지는 가을을 나선 너

인적 사라지고 빈
자작나무 숲은 바스락
바람에 하나둘 옷을 벗는다

가파도에 가면

가파도에 가서
돈 빌리면 안 되겠더라

가파도에 가면
외상술은 드시지 마세요

가파도 가실 때
만 원권 몇 장은 기본입니다

자기야, 지금 어디
가파, 가파, 가파도란다

난 모릅니다

나는 글을 쓸 줄 모릅니다
색칠도 하지를 못합니다

길을 걷다가
밥을 먹다가
낱알 하나 떨어지면
잔 먼지 툭툭 털어버리고
덥석 주워 담았습니다

책을 읽다가
얘길 하다가
낱말 하나 얻어지고
툭 건드려 보고 꿈틀거리면
냉큼 주워 들고 맙니다

언어의 묘기도 없습니다
나는 시를 쓸 줄 모릅니다

다름과 틀림

생각이
조금 다른 거지
다 틀린 건 아니지

바람은
불어오기도 하고
불어가기도 하지

사랑도
곱게 주기도 하고
착착 받기도 하지

너와 나
달라야 닮아가고
틀려야 고치는 거지

풍경

떨치지 못한 미련
가을이 남긴 이파리가
곁가지에서 버둥거리고 있다

반갑지 않은 손님
진눈깨비가 저도 눈이라고
거짓부렁을 하며
계절을 사랑하는 가객에게
눈총을 받으며 지분거린다

잠겨있던 까만 밤이
은빛 열쇠로 열려지고
차갑게 식어 대롱이던 조명등
햇살 없는 조반을 차린다

빈자리는 기척을 알고
옷자락을 붙잡으며
오늘이란 시간이 짧지도
그러나 길지도 않다고 한다

모르지요

바람이
가는 길을
아무도 모르지요

숨겨둔
내 마음도
알 수가 없겠지요

바람 품
약간 비린 맛
내 맘인 줄 아세요

깨꽃이 피었다

보랏빛 칡꽃 피던 날
저녁노을을 등에 업은 장군이
워낭소리가 들릴 때
깨꽃같이 조잘거리던

갈래머리 그 소녀는
고향을 떠난 지 몇몇 해
하얀 가슴 중년으로 살고 있겠지

깨꽃 푸짐하게 핀 산사
불나비 한 마리 바람을 불러와
풍경 소리가 쏟아지면
아, 그날의 워낭 소리인가

오늘도 저편의 그 사람
달이 삭아 버린 하늘, 별을 찾을까
또, 마디마디 깨꽃이 피었다 진다

짱아

파란 하늘
자꾸만 높아지는 날이었지

작은 어깨로 쫓는 구름
가을밭 해바라기 따라 빙그르르

그리 빨강이 어울리던
네가 생각나

살살이꽃
지천에 나부끼던 날이었어

호박 넝쿨 사이로 비친 눈망울
작은 깨금발에 넘어져도 웃었지

유독 가을을 좋아하던
너는 어디에

불비불명(不飛不鳴)

저기요
마음대로 날고
제멋대로 쉬어가는
그대는 바람인가요

이봐요
노래하고 춤추고
마음껏 울기도 하는
그대는 산새인가요

나 또한
미친 듯 저 하늘 날고
목 놓아 울기도 하는
그런 날 살고 싶어요

그래요
날개가 없어 날지 못하고
소리가 없어 울지 못해도
그대가 있어 행복합니다

애가(愛歌)

장미의 미소를 봐
사랑이 넘치잖아

미풍에 하늘거림
춤추는 신데렐라

영혼을
사랑한 노래
고운 노래 불러요

귀하의 하루는

오늘
하루는 어떠셨나요

해가 저물어 가고
잠자던 어둠이 슬그머니
집을 나와 배회하는 거리

이쪽에선 붉은 장미
저쪽에선 백일홍의 미소
손짓과 몸짓 저만의 향기로
심지 굳은 마음 흔들어 놓는데

올해 유독 귀하다는 벌도
주춤주춤 춤사위 벌이지만
이제는 집으로 가야 할 시간

귀하의
하루는 평안하신지요

짧고도 긴 시

너
하고픈 말 없어?
.
.
.
.
.

나
.
.
.
.
.
많아서 버렸어!

꽃 진 자리

남몰래 홀로 피운
사랑이 진다 해도 그대
부디 눈물은 보이지 말아요

행여 바람이 오는 날
그대 가볍게 갈 수 있도록
눈물 흔적은 남기지 말자
오늘 간다고 아주 가지는 않겠지

가슴으로 담았던 꽃
소나기 만나 꽃 진 자리엔
한 철 지나면 또 꽃은 피어날 터
제발 서러워하지는 말아요

그대 돌아올 길 위해
사랑이 진 자리에 그리움 심고
꽃 진 자리에 기다림을 심었습니다

귀 좀 빌려 주세요

바람이
말해 줄까요
달빛이 알려 줄까요

내가
얼마나 사랑하고
그리워하고 있는 지를

자꾸만
마음이 흐르네요
이렇게 바람 부는 날에는

내 마음
꼭 전하고 싶어요
그대 귀 좀 빌려 주세요

끄뇌

빛의 파장이
침입 할 수 없는 미로
굳은 침묵만이 살아가는 곳
바다에서 소멸하는 모든 것
사연이 고이고 쌓이고
죽음과 동체인 심해

신들의 다툼
바다와 하늘이 부딪히고
고래가 바다에 뛰어든 날
심해의 사연이 튀어 올라
방향을 잃어 표류하다가
어느 날 아무도 모르게
숨어들어 간 갯벌

멈춰진 항해
풀씨가 오고 동백이 피고
동박새가 울어 서러운 어느 밤
파도가 흘린 눈물에 젖어
갯내음 풍기는 모래 턱을
파도, 파도 찾을 수 없는
그 사연을 저 새는 알까

커피 담다, 닮다

우리
커피 한잔할까요

나의 잔에는
진하게 향을 담아주고
그대의 잔에는
은은한 향을 담아주오

나는 그대를
조금씩 닮아갈 테니
그대는 나를
오래도록 닮아주오

우리
가을의 약속입니다

중년에게 띄우는 편지

오늘은 아침부터
초침이 느릿느릿 졸고 있어
저 시간의 배회를 볼 수 있는 것도
내가 오늘을 살아가고 있다는
명확한 증거이리라
무심히 지나온 시간
우리가 잃어버린 것이 아니라
다만 잊어버린 것이 아닐까

반짝이는 이슬
해 돋는 아침이면 기지개 켜고
꽃이 화르르 피어나는 소리
제 어미 찾는 분분한 새소리
아쉬운 낙엽이 떨어지는 소리
숲을 가로지르는 바람 소리
눈이 내리면 사그락 거리는 소리
이 얼마나 멋진 오늘이더냐

생각해 봐 가진 것도 많아
부모님이 주신 이름이 있어

때때로 찾아주는 자식이 있어
얇은 주머니라 은행 빚도 조금은 있어
여기다 더해 우리에겐
내일을 향해 눈여겨볼 수 있는
경험이란 자산이 있잖아
일어나라 중년의 열정이여

사랑 잇다

성난 바람이
지나갈 수 있도록
자그맣고 예쁜
창도 여럿 만들어 놓고
지친 계절이 노닐다 갈 수 있게
처마도 몇 개 만들어 놓자

힘든 새들이
앉아 쉴 수 있게끔
몇 평의 지붕도 만들어 놓고
하루의 그림자로
넓이와 길이를 가늠하면서
너의 노래로 나의 사랑을 잇자

사랑의 흔적
투박한 맘이 스치고 간 곳
빈자리에 이런 미련 하나쯤은
남겨 놓을 수 있다면
네가 잇고 내가 잇고
이 또한 아름답지 않겠는가

시시한 시詩

조그만 손바닥으로
건진다고 애를 써야
몇 개나 걸리겠어

뭉툭한 손가락으로
찌른다고 용을 써야
얼마나 파고 들겠어

솎아내지도 못한 글밭
시시한 시 한 이랑에
내가, 네가 쓴웃음이다

오이도에 가보자

푸른 달빛에 젖은 어선
검은 바다가 휘청이고
익지 않은 자잘한 언어들과
비릿한 젊은 날을 싣고
좁은 포구에 정박한 별빛
갯내음 고인 오이도란다

헐겁게 꿰맨 발걸음 앞
비틀거리는 녹슨 철길
먼 길 돌아온 바람 탓이리라
찰랑이는 달빛을 받으며
시큼한 향수병 도지는 날
한 번쯤 오이도에 가보자

제2부

오늘도 내일은 어제

사월이 오면

눈 소식이 있더니
한기 가득 칼바람이
또 매몰찬 겨울을 알려주지요

곧 눈이 내리고
손가락 호호 불며
언 손 녹이다가 언뜻
눈 들어보면 사월도 오겠지요

사월이 오면
그다지 기다린 것도 아닌데
명자 꽃이 흐드러지게 피겠지요

그 사람
오늘 밤 별을 헤며
아름답고 고운사람
중년의 아낙 명자로 살아가겠지요

참새의 하루

거 봐, 눈이 온다 했지
자꾸만 짧아지는 햇살에
차가운 어둠이 일찍 오잖아

저 봐, 온천지가 하얗지
저녁거리 얼른 챙겨서
호젓한 우리의 둥지로 가자

저기, 모두가 재바른 걸음
남은 하루를 위한 귀갓길
지워질 흔적 하나 둘 새기고 가네

그래, 참새와 겨울은
하얀 도화지에 그려진 점, 점
참 어울리는 동화 같은 풍경이지

노포 읽기

외진 골목 끝 노포
금이 가 틀어진 나무 창문
틈 사이로 찬바람만 들락거리고

희뿌연 유리창
세월이 지나간 흐릿한 먹물 빛
창밖에 보이는 거리 휑하기만 하다

오늘은 어쩌면
겨울눈이 올지도 몰라
아침부터 하늘이 꾸물거렸거든

비어버린 마음의 창
뭐라도 채우고 싶어지는 갈증
눈이라도 하얗게 내렸으면 좋겠다

억새꽃

배부른 달은
구름 속에 숨어들고
은빛의 강물은 무언지 모를
독백으로 중얼거리는데

바람소리 사이로 귀를 대어
가을의 밀어를 엿들어 본다

서늘한 언어들을 잡은 손
무심히 걷는 작은 하천 길
부서진 별무리가 쏟아지고
가슴이 젖어 오더라

달빛에 베인
시린 가을 앞에
바람소리 보다 더한 울먹임
별의 눈물을 보았나요

하얀 그리움이 꽃이 되었나
흰 억새꽃이 너울거리고 있다

정거장

시간이 기다리고 있는 곳
시간이 지나가고 남겨진 자리

숱한 웃음과 온갖 슬픔이 배어
무디어진 눈으로 서로를 응시하며
무표정의 얼굴이 스치고 지나간다

어느 때는 팔도의 소리가 난무하고
어느 날은 정적만이 감돌아
을씨년스럽게 혼자 어깨를 감싸고

오늘도 연착한 시간이 오고 있다
번호 틀린 시간이 지나가고 있다
뭉뚱그려진 시간에 목을 맨 인생

회유하는 시간도 있었으면 좋으련만
날 선 송곳처럼 오늘이 관통하고 있다

커피를 줄일까 해

매일 아침이면
먼저 커피 한 잔 생각나

비가 오는 날이면 더욱
커피 향을 맡고 싶어

커피를 마주할 때마다
네 생각이 따라오는 거야

난 오늘부터
커피를 좀 줄일까 해

우리 종점에서 만나자

허기진 마음에
간혹은
간이역에서 기웃거리기도 하고

갈 곳을 잃어버린 발길은
때로는
환승역을 서성이기도 하지

기다리는 마음도
가야 하는 마음도
매한가지 폭염에 흘리는 빙하의 눈물

차가운 눈물 꿀꺽 삼키고
그래도 언젠가는 맞닿을
우리 종점에서 서로 만나자

어제, 오늘, 내일

어제를 표절한 오늘이
느릿느릿 태연한 걸음 여유롭다

빌린 어제 위를 온갖 덧 칠
무수한 빛과 색 난무하더니
모든 것이 회색으로 잠드는 밤

저만치 딱 그 거리에서
못 본척하며 서성이는 내일
뒷짐을 진체 비밀스럽게 서있다

먼지처럼 쌓인 어제 위 오늘
이곳에 내일이 또 표절을 하겠지

나의 꿈

오늘도
구름 하늘
똑같은 하늘 아래
저 끝엔 당신 있고
이 끝에 나 있어요
저물지
않는 그리움
저녁노을 집니다

그대의
오늘 하루
어떻게 보냈나요
노을 끝 저녁으로
까만 밤 맞았어요
오늘 밤
그대랑 나랑
같은 꿈을 꾸어요

바람이고 싶다

수줍게 방긋하는
저 풀꽃 어쩐지
당신을 닮았네요

이렇게
당신이 그리운 날엔
자유로이 갈 수 있는
난 바람이고 싶다

밤이슬 맞고 선
저 나무 어렴풋이
당신 모습 생각나요

그렇게
당신이 외로워 할 때
편안히 안아줄 수 있는
난 바람이고 싶다

경로를 탐색 중입니다

새벽의 정령이 길을 잃어
정적만이 지켜보는 호수에
일렁이는 하얀 명주 폭 휘장

자락 속에서 튀어나온
겨자씨보다도 더 작은 한 점
스멀스멀 다가오다 가슴에 박혀

들 날숨의 짧은 시간에
떡잎 식물처럼 발아하는 그리움
가슴 가득히 뒤엉키는 줄기들

광속으로 치닫는 생각
혼돈의 뇌로는 찍을 수 없는 좌표
경로를 탐색 중입니다

경계점

오늘과
또 다른 오늘과의 경계

영시는
이별인가 만남인가

모호한
또는 묘한 갈림길 관계

오늘을
이별하며 만남하며

그게 사랑

햇빛 반짝이는 길모퉁이
눈 마주치지 못하고 자꾸만
어긋나는 시선 둘 데 없어
목덜미 따끔거린 날이었지

괜한 변명거리 찾느라
발끝만 내려다보는 눈망울
애먼 머리카락만 매만지다
하얀 버짐 꽃 위에서
붉게 피어나던 홍조를 보았어

그 애매하게 달고 쓴
그때 그게 사랑이었을까
오늘도 하늘은 눈이 부시고
삶은 실오라기 추억여행이다

바람벽

그곳에
하얀 꽃이 울고 있었다

구멍 숭숭 뚫린
바람벽에 걸린
성근 갈비뼈 사이
텅 빈 가슴에 핀 꽃
파리한 서리꽃이 피었다

거미줄 얼기설기한
바람이 다니는 길
왜 오지도 않을
그 사람 생각이 날까
그리움에 빈 가슴이 녹는다

그곳에
눈물 꽃 한 송이 피었다 진다

젊은 청춘들에게

어느 별 하나 떨어진 날
천둥의 질타와 번개의 횡포
비겁하게 뒷걸음질 치지 마

억세게도 질긴 끈 풀지 못해도
헝클어진 시간이란 습한 동굴
세상의 악다구니가 휘몰아친 데도
냄새나는 세상이라 욕하지도 마

두통이 가져온 환청으로 피어난
질곡의 늪에 검은 꽃이 자리한들
네가 가는 길에 아무 상관없어
좀이 슬어 더렵혀진 이력서는
잔인한 전설이라 던져버려

이글거리는 태양을 향해 뛰어 봐
빛나는 내일이 거기 있을 거야
너만이 알고 있는 주문을 읊어
날개를 얻은 너의 사랑이 올 거야

바람이 불면 부는 대로 그렇게
차가운 눈이 내리면 좀 어때
꿈은 그렇게 또 시작하는 거래

나는 누구

나는 누구
겨울로 가는 가을

바람 한줄기에 스러지고
입었던 기억들 하나씩 벗는다

너는 누구
여름으로 가는 봄

그대란 한 마디에 가슴 뛰어
삼시 세끼 사랑으로 살아간다

포장마차

빈 바람에 밀려 피신한
가벼운 주머니들이 모여
별을 담아 우려낸 맑은 물에
둥근달 띄워 고향 가는 강

깊게 속으로 흐르는 강물
둥둥 심장이 고동치는 대합실

뒤집어진 주머니에서
구겨진 푸른 인생 잎 한 장
바람을 타고 어둠 속으로
변명같이 줄행랑칠 줄이야

오늘을 빌어 예정된 내일
아침을 가불하는 파시의 항구

수신자가 변경되었습니다

발신이 없으십니다
수신자가 변경되었나 봐요

교신하던 밤의 언어
오늘은 저쪽에 앉아 있네요

설마 배달 사고인가요

잘 자요, 행복해요
수신자 없는 밤 인사 건넵니다

수신자가 변경되었습니다
이젠 기다리지도 않으렵니다

너 닮았다

바다란
너는 무언지 모를
자꾸만 중얼거리면서
검푸른 발걸음으로 저기 오고 있다

어제는
시퍼렇게 날 선 몸부림
성난 울먹임의 소리에 잠을 설치고
발 뿌리에 매달려 오열을 하더니

오늘은
은빛 비늘 반짝이는 윤슬
잔잔한 음률을 타는 바다의 해조음
하얀 포말은 언제 봐도 너를 닮았다

잘 있어

잘 있어
물어 본다
안부를 물어 본다

잘 있어
전해온다
안녕을 전해온다

잘 있어
건강한 소식
오래도록 전하자

헐렁하게

이걸로 주세요
또 정 사이즈에서 5를 더한다
오늘도 헐렁하게 입고, 살고

부질없는 일 갖고
갑이니 을이니 다투지 말자

그렇다고
야무지게 살 줄 모르는 건 아니야

너도 나도 사람
욕심 없는 사람 어디 있나
사랑 안 해본 사람 어디 있어

헐렁헐렁
아주 헐렁하게 입고, 살기로 했다

그리고

세상의 모든 것
읽고, 쓰고, 생각하고
배우고 노력하고
오로지 진행형으로 살며
보랏빛으로 빛나던 꿈
그때가 아마
세상 맞은 내 나이 20쯤 이었지

얻고, 주고, 비우고
생성하고 소멸하고
무던히 이어져 온 길
바람 많은 그 길에서

사는 것 모두 다
보고, 듣고, 느끼고
하고 싶은 게 너무 많아
간이역을 지나쳐 달리며
희끗한 회색의 탈
지금의 나는
세월 앓이 숫자만 가득이다

걱정 마

걱정 마
그 누군들
뭐래도 나는 네 편

웃긴다
쓸데없다
그래도 네 편이야

내 심장
식을 때까진
네 편이다 걱정 마

비밀의 숲

이른 새벽 농무 타고
소리 없이 하얀 눈이 내린다

밤새 사그락 거린 소리
푸른 청춘을 사르던 시간을
나뭇잎 하나하나에
기억의 실타래를 풀어가며
비망록을 쓰는 비밀의 숲

살아온 삶의 이유와
살아갈 여정의 차림표 위
그리운 사람의 이름과
원망이 아닌 용서라 쓰며
빚진 마음으로 살아가노라고

먼동이 트는 새벽이 오고
엎드린 비망록의 낱장 위로
하얀 겨울 나비가 날아든다

눈 녹아 풀색 돋을 때까지
숲은 침묵으로 서 있기로 했다

속담 놀이

누가 뭐라 할 수 있나
제 팔 제가 흔든다는데 뭘

우월인자의 머리
1, 2를 위한 3을 우표로 설정은 갑
환상의 페이크

스치고 지나는 바람도 눈이 있고
송곳은 튀어 나오기 마련

낮 말은 새가 듣고
밤 말은 쥐가 듣는다는 사실도
속고 속이는 희열

눈 가리고 야옹 한다고
쥐들이 알면서도 속아주면 좋겠다

오늘도 내일은 어제

생일을 잊어버린 늙은 회나무
멀리서 온 버스 붉은 문이 열리면
고사리손 흔들며 아장아장
해맑은 인사 소리에 웃음꽃 피고
오래 다져진 정과 사랑이 넘치던
이젠 돌아오지 않을 먼 설 풍경

등이 굽어버린 당산나무는
가지를 몇 개나 잃고도 의연히
오늘을 바라보는 회상의 모습이다

승용차 몇 대 오나 했더니
밥 한 끼로 슬그머니 가버리고
바큇자국 하나 없는 마당이 더 많다

그래도 침침한 눈은
자꾸만 동구 밖으로 향하는데
예나 지금이나 늘 찾아오는 하얀 눈
시린 고목이 묵묵히 받아주는 날
저 할아버지 눈을 맞으셨나

며칠 전 걸려온 전화 한 통화
그래, 그래, 괜찮다
오늘도 내일은 어제니까

세월의 편린

개구쟁이
칠 남매 막내 칠환이
날이 저물도록
딱지치기 놀음에 혼이 나갔제

그래도
시험 점수 칠십 점에
깨소금 칭찬을 들었었지

노름쟁이
못난 아비 칠환 아부지
밤이 모자라도록
화투장 노름에 정신이 나갔었제

그리고
흰 눈이 소복이 내리던 날
눈 녹은 발자국만 남겼더랬지

느린 이야기

외길 끝에 걸린 사립문
깡마른 대추나무 한 그루
하늘 향해 두 팔 벌린 하얀 밤
반쯤 기울어진 흰 달이
문풍지 틈새로 엿들었지

단조로 시작한
어머니의 옛이야기
동짓달 긴긴밤
바람 찰 새라 아랫목에 뉘고
아들 하나 고운 잠재우려
솔솔 꿈나라로 갈 때까지
이야기는 장조로 이어지는 노래
늘 끝은 들을 수 없었지

희미한 꿈속에서 들리던
느린 이야기는 아마도
어머니의 어머니의 어머니가 주신
내 어머니의 자장가였어

스물여덟(2월)

환하게 웃으면서
너를 만나고 손을 잡았다

간혹은 힘겨울 때도 있었지만
무시로 위로 받은 날이 많았지
머리에서 발끝까지
너무나 짧은 스물여덟
아직 못한 말 남았는데
진득한 사연은 벗어 놓고
무거운 겨울은 가지고 간다니
그나마 다행이다

짧은 만남 긴 이별이라
굳이 안녕이란 말은 생략하자

비와 당신

비가 왔던가, 그날
헤진 추억의 실타래를 풀며
먼지 묻은 일기장을 열어 본다

매캐한 세월의 냄새
아직도 조금은 남은 미련의 올
번지다 만 잉크 냄새가 분분하다

희미해진 그날의 기억
책갈피 사이에 웅크리고 있어
비틀거리는 몸짓 눈 맞춤해 본다

비가 오고 있다, 겨울비
명치에 느껴지는 이 체증 같은 것
슬며시 외면하며 서랍을 닫는다

제3부

바람의 언덕

그래도 말야

지난날이
남겨놓은 우듬지에
물살이 오른 걸 보았어

오는 봄은
꽃망울 팡팡 터지는
난장이 벌어질 것 같아

그래도 말야
난 약속할게
너와 함께 봄날 할 거야

숨비소리

햇빛 좋은 날
고요히 쉬는 바다
졸고 있던 허벅을 춤추게 하는 날

어제는 꿈을
길어 올리고
오늘은 희망을 찾아 나서는 날

아릿한 심장으로
흐르는 차가운 전율
푸른 바다에서 맑은 하늘을 찾는다

숨비소리 한 줄기
나 여기 있노라
저 건너 고래도 하늘을 찾았나 보다

여백

그리움이란 세 글자에
굵게 밑줄 그어놓고는
차마 이어가지 못하는 문장

울렁거리는 마음에는
미르처럼 수없이 많은 언어들

버려진 어망의 코에 걸린
눈치 없는 시간은 자꾸만 보채고

모두가 잠들어 적막한 밤
외로운 가로등 하나와 눈인사 하네

채우지 못하는 이 여백
남의 속도 모르고 투정부리는
까맣게 젖은 저 밤비 때문인가

끄트머리에

지난겨울 어느 날
차가운 푸른 달빛에
몇 날 며칠을 몸살 앓다가
초록의 사랑 보내야만 했던 우듬지

그 가녀린 끄트머리에
붉은 그리움 덜컥 걸리었다

어쩌라고
외로운 맘, 마음 하나 걸어둔 게
이리도 붉게 타 버리나

가기 싫어하는 널
보내기 싫은 나 껴안고 있으면
질식할 것 같은 이 시간이 지나
초록 사랑 다시 만날 수 있을까

식어가던 가슴 다시 뜨거워질까

사색의 통로

허리가 휘어버린 강 언덕
희미하게 태어난 그리움
강물의 잔등을 타고 피어나는
물안개 질경거리며 물질하는 세월
뿌연 사색의 통로로 꿈틀 거린다

낡고 헐거워진 시간에
초점을 잃어버린 하얀 눈동자
추적이는 안개비에 버무려진
이루 말할 수 없는 아린 사연이
부딪혀 깨진 틈에서 옷을 벗는다

세월에 닳은 바지 주머니 속
하 많은 시간을 만지작거림에
몇 닢의 동전은 윤기를 더하고
이젠 방목된 시간 사이로 스미는
얇은 기억에 눈은 안개를 닮는다

법문

봄이면
뭐 하겠노
코로나 심하다고

엉덩이
들썩이자
집에만 있으라네

마누라
잔소리하면
법문이라 들으소

어둠의 농담(濃淡)

두꺼비가 살 수 없는 집
두꺼비집에서 두꺼비가 집을 나가
홀로 남은 아이는 외로움을 알았다

헬 수 없는 저 많은 별들 중
작은 별 하나라도 내려와
검은 먹빛 덧칠한 밤의 향방을
찾아주었으면 하고 기도를 했다

시각의 너울을 타고 와
서서히 익숙해지는 사각의 공간
뿌연 안개 속 스멀거림은
탁자와 의자가 걸어가는 뒷모습

하나씩 의식의 회로를 찾아
온전한 심장으로 너를 바라본다
어둠에도 분명 농담이 있더라

마라도 연정

낮은 언덕으로
투명한 바람이 찾아 왔었지

납작 엎드린 풀꽃
자지러진 몸부림 꽃 피우고

노란 눈 들어보니
맘만 흔들어 놓고 가는 바람

나 여기에 있는데
어떻게, 너 어디로 가니

세 잎 클로버

"여러분께 드립니다
행운을 드립니다"
네 잎 클로버는
눈 밝은 그들의 몫으로 하고

나의 그대야
우리는, 우리가 가야 할
행복으로 가는 길만 걷자

지천에 널린 세 잎 클로버
그대 한 잎, 나도 한 잎
마지막 한 잎은 고이 남겨 놓자

어느 찔끔 눈물 나는 날
다시 찾아가 볼 수 있도록
몹시 그리운 날, 그날에

봄앓이

늦은 밤
봄바람 담아 보내온
마음 하나 있어

잘 자요라고

혼자서
괜히 마음 울렁거려
온 밤을 지새운다

봄앓이 인가

라일락 향기

젖은 눈물로
미련하게 포개진 보랏빛 연서
그립다는 말 한마디
그렇게도 어려웠나요

잦은 바람에
여린 몸 뒤척이며 쌓은 기다림
말 대신 전해 준 향기
그렇게도 힘이 들었나요

어둠이 내리고
좌표를 잃어 흔들리는 눈동자
빈 달을 기다리는
그 마음 여태 알 수가 없어요

내가 갈까

온다는 봄
연일 말만 무성하고
오지를 않고 바람만 불었다

얼어서 보이지도
않던 작은 개울물 속
휘적거리는 하얀 지느러미

그 바람에 성급해진 벚나무
눈치 챌 새라 밤새 애썼나 보다

아직 아물지 못한 흉터 사이로
반달 눈망울로 의심 가득히
홍조 띤 미소를 짓는 아침

그래 잘 왔다
네가 보고 싶어서
내가 갈까하던 참이었거든

비밀 일기

그 꽃 한 송이
향기로 피어난 날
달빛 넘치는 호수
사랑을 다시 알았다는 비밀

세월이 지나다
인중에 걸린 말들
다 전할 수 없어도
내 마음 꽃 하나 심었다는 사실

은밀하고
비밀스럽게
심장에 꽂힌 펼치지 못한 일기

물안개

빛바랜
추억 한 올
거뭇거뭇 피어나서

비릿한
젖내 담아
가슴을 헤집어 든

늘 너는
내 어머니의
모습으로 젖어온다

고백합니다

나
고백합니다

살아온 긴 시간 동안
온통 당신을
그리워만 한 것은 아닙니다

간혹은 방황도 하고
때로는 미워하기도 하고
순간순간 당신을
잊기도 했었습니다

나
약속합니다

다가올 수많은 날들
오직 당신만을
가슴에 간직하겠습니다

지칠 때 더 힘을 내고
힘들 때 도망치지 않고
봄으로 오는 길
사랑으로만 맞을 겁니다

저 꽃 지는 날

게으른
아침을 깨운다

꿈결의 소리
푸르스름한 내음
누가 가시버시 하잔 것도 아닌데
밀교의 주문에 걸려든 봄
느닷없이 만발의 깃발을 꽂더니

그래 그렇게
하룻밤 어리둥절
속 좁은 가슴을 헤집어 놓고는
하늘의 방언에 겁 먹은듯한 너
어렵게 온 길 아쉽게 돌아서 버린다

저 꽃
지는 날 헤어지겠다

기다림

저 앞길에서
바람 소리가 들린다
행여나 하고 가슴 졸이며
눈을 감아 버린다

괜한
기다림이었나 보다

저 윗길에서
바람 소리가 들린다
역시나 헛한 봄날의 꿈은
스침도 없는 인사다

아주 오래된 이야기

누르스름한 놋쇠 주발에
그것도 담다 만 한 그릇
묵나물에 고사리 무침
일 년에 꼭 한 번씩 찾아오는
흰 입맛이 도는 날

할아버지 먼 길 다녀가신 뒤
숟가락 소리 요란 했었데

급하게 먹은 배 움켜쥐고
뒷간 가는 마당가에는
그날도 흰 달빛 가득 담은
이밥 덩이가 나무에 걸렸었데
늘 이맘때가 되면

이팝꽃 닮았던 하얀 할머니
이 빠진 말씀 귓가에 쟁쟁하다

접시꽃

어설픈
마음으로
펼쳐든 사랑 하나

꼬집어
말을 못 해
붉게만 물들더니

투명한
마른 햇살에
지고 마는 접시꽃

바람의 언덕

하릴없는 바람이 주인
길게 구부러진 바람의 언덕
오늘은 소나기가 한바탕
난리를 치고 갔을 게야

이 비 지나가고 나면
언제 무슨 일 있었나 하고
여전히 주인인체 건들거리며
바람이 촐싹거릴 거다

내사 저 비 수그러질 때쯤
지난달 산 운동화 끈 묶고
서성거리는 숱한 사연들을
마주하러 갈 참이다

바람이 데려다 놓은 풀씨
햇빛이 산란하여 잉태한 들꽃
시간을 놓쳐버린 사랑들
잠들지 않는 바람의 언덕으로

초록 밤

어둠이 옭아맨
어김없이 밤은 오고
풀리지 않는 숙제 위로
눈 까만 나비가 날아가고 있어

올가미 느슨하게
풀려지는 새벽 시간
밤새 뒤척인 아픈 몸살
희끄무레한 먼동을 맞는다

바람도 숨을 멎는
여명은 어둠과의 전쟁
반복되는 불편한 관계 뒤
발칙한 초록이 어서 오라 하네

그대는 장미

장미꽃
붉은 미소
네 마음 알고싶소

미 파 솔 음계 따라
노래가 들려오오

영원히
맑은 가슴에
천년지기 될테요

오월의 사랑

오월의 그대야
슬며시 오는 바람결에서
꽃내음이 느껴지네

저 향기 언제였던 가
아니 지난해였던 가
조금은 몸에 익은 향이었어

오월의 햇볕이 내려앉아
한가한 바짓가랑이 잡아끄니
우리 커피 한 잔할까요

커피, 꽃 향, 그대
각기 다른 셋이면서 하나인 듯
닮아버린 오월의 사랑아

나비 날다

그 어매는 마음을 눈으로 말했데
엊그제 어버이날
어린 증손녀 손등에 주신 눈물

환기 시킨다고 빠끔 열린
사각형의 하얀 창문
구십 번 파닥인 하얀 나비가 날았데

가시로 얽매인 붉은 장미
꿈으로만 동여 사신 당신
오늘은 하얀 장미 숲에서 잠드셨데

이젠 고운 꽃길만 훨훨 날으소서

봄이라 할래

하얀 응달에 까만 얼굴
언제부터 거기에 앉아 있었지
앙증맞게 자리한 바위 하나

겨울이 흐르는 소리 맑다
어디서부터 여기까지 온 거니
무심코 내밀어 보는 손가락

저 작은 자갈 살짝 들추면
툭 튀어 나올 것만 같은 너
이제 봄이라 불러도 되려나

늘 봄

비가 오고 눈도 오고
입춘이 지난지도 오래인데

기온이 마구잡이 널뛰기
내일 아침은 또 영하란다

코로나 시하에 싸락눈까지
정녕 봄은 오지 않으려나

까짓것 좀 늦으면 어때
천천히 아장아장 오려무나

눈만 감으면 그대 생각에
나는 늘 따뜻한 봄이니까

벌써

저 구석자리
성근 흙더미 사이
서리꽃 하얗지만
아무도 모르시는 거죠

난 벌써 가슴에
봄이 왔는데

저 골목길을
휘젓는 바람 때문에
손 비비고 있지만
누구도 알지 못하는 거죠

난 이미 그댈
좋아하고 있는데

제4부

그래야 하거든

맥문동(snake's-beard)

눈꽃이 피던 하얀 날
겨울에도 지지 않는 푸르름
시들지 않는 사랑이라 좋겠다

시인을 사랑한 너는
고운 보랏빛이 너무 좋아서
겸손한 맥문동으로 살아가겠다

치열한 사랑에 아파도
인내하며 지켜주는 사랑
사계절 늘 푸르른 사랑이겠다

짙은 보랏빛 꽃술은
시인의 깊은 입맞춤에 넋을 잃고
그래, 그런 푸른 사랑이 좋겠다

그리움

붉은 노을이 스미듯이
익숙하게 어둠속으로 묻혀든다

그렇게 뜨거웠던 마음
날마다 노을에 몸을 묻는 사람
시리게 아파오던 그 그리움
이젠 소낙비에 헹구어진 알맹이들

매운 태양의 열기로
아미에 맺힌 땀방울 훔치면서
남은 알맹이 덜어내고 있는 날

바람 따라 흐르던 구름
붉은 하늘 저 편으로 울컥이며 간다

의성이시더

소슬바람 한 줄기
심심찮게 불어오는 날이면
허연 수염 휘날리시던 어르신
그 발길 언저리에 강냉이 익어가고

맵싸한 향이 풍기는
우거진 들깨밭 옆 작은 황톳길
아직은 햇볕이 부족한 능금
작은 잎사귀 비집고 헤픈 웃음이다

망설이는 여름이 사는 한 낮
기어코 빈틈 찾아온 가을밤
계절이 서로 내통하여
하나씩 순산을 준비하는 들녘

자꾸만 능금 알은 붉어가고
높아진 하늘엔 대추가 영글고
고추짱아가 한가로이 날고 있는
한 폭의 수채화를 펼친 마을

삶의 문화유산 사투리가 질펀하여
오가는 정이 한층 두터워지는 곳
아, 그곳이 내 고향 의성이시더

고향

소달구지 삐거덕 걸음
덩치 큰 누렁이 거친 콧김
앞마당 가마니 가득 쌓이니
헐은 양철지붕 덜그렁거리고

코골이 심한 아재를 닮은
그르렁거리는 검은 발동기
힘겨운 줄다리기 헐떡거리더니
온 동네 저녁연기 피어오르더라

힘자랑하던 쇳덩이 퇴물이 되어
잡초 무덤 한 구석 외면 당한지 오래
예전 정미소 주인 할아범 닮은
허연 수염을 늘어뜨린 키다리 밭

황톳길은 읍내로 나가던 외길
지금은 미끈하게 뻗은 신작로
전화 한 통에 유명상표가 날아오고
아끼바리가 주방으로 달려간다

비의 랩소디

한겨울 한파 냉골 방에
잔솔가지 하나 태우니 기미가
오더이까

한여름 땡볕 진흙 마당에
소나기 한줄기 뿌린들 젖어
들더이까

어느 날인가 그날은
이명처럼 어른거리는 빗소리
너의 노래가 듣고 싶어지는 날
바람이 몹시 불고 구름이 오더니
비의 랩소디는 시작되고

먼지 풀풀 날리던 뒤뜰
싯누렇게 말라버린 어머니의
적삼 속 딱딱하던 젖가슴이
물컹거리는 꿈을 꾸고 말았어

털 한 올 없이 미끈한 직립 다리

아무리 더듬어도 그늘은 없어라

기다리던 너의 노래는 기어코
단절된 경계선에서 사라지고
비쩍 마르다 굳어가는 가슴팍
쩍쩍 갈라지는 소리만 유난한
올 여름이다

나름 괜찮은 날

짝 찾는 산새의 날갯짓 소리
지난밤 어수선 하더니
아침이 조용히 앉아 웃는다

한밤 쉬고 있던 승강기
깜박이는 버튼마저도
여름이라고 중얼거리는 듯

밀폐된 사각의 틀 안에
냉기류의 억지로 식히는 머리
냉수 한 그릇이 효자 노릇하던 밤

멀미 같은 밤이 지나고
덜컥 세상을 향해 발 내 밀 때
어, 나름 괜찮은 날이네

울 둥둥이

그래, 그래
이게 좋겠다
모자도 벗어버리고

지금, 이 순간
너의 시간이고 너의 공간이야
네가 있어서 아름다운 날

은빛 모래 자박자박 걸어라
둥이 둥이 울 귀염둥이

그래, 그래
그게 좋겠다
신발도 벗어버리자

여기, 이곳은
너만의 웃음이 존재하는 곳
네가 있어서 행복한 오늘

푸른 파도 찰팍찰팍 두드려라
둥이 둥이 울 사랑둥이

칠석(七夕)

저 구름다리 건너면
그대 있을까요

내 그리움 오직 그대가
거기에 있나요

달무리 끝자락에 얼핏
모습이 보입니다

칠월 칠일 칠석 하루
그나마 다행입니다

또 얼마나 기다려야 하죠
일 년, 그대를 만나려면

마라도 일기

최남단
마라도를
가슴에 안아본다
파도에 발을 담근
하늘이 점찍은 곳
바람은
이곳저곳을
안부 인사 다닌다

끝이라
부르지 마
꿈꾸는 환상의 섬
하늘에 음표 그려
파도의 노래 듣자
소나기
찾아오는 날
작은 마당 청소다

종 쳤다

여행 왔다
비가 오고

비가 오니 잠을 자고

잠을 자니 꿈을 꾸고

꿈을 꾸니 임이 오고

임이 오니 신이 나고

신이 나니 꿈을 깨고

종일 잤다
혹시 올까 하고

구조 신호

먼 길 떠나신 할배가
벗어 놓으신 닳은 밀짚모자
지나가는 여름과 언쟁을 하나
부르르 진저리 치는 저 모습

늙은 고래 한 마리
숨 쉬기도 귀찮은지 오랜만에
내뿜는 허연 물보라에 부딪혀
뜨거운 태양을 외면하는 바다

비린내 묻은 바람 한 줄기
오는 길인지 가는 길인지 몰라
깨어진 조개껍데기 사이로
헛갈리는 제 갈 길 분주하다

축 늘어진 동아줄의 기력
모양 사납게 치솟은 온도계
난파된 오늘이 보내는 구조 신호
자꾸만 수신이 끊어지는 이 여름

성산 잡기(雜記)

어둠을 살랐더니 일출봉에 해가 뜨네
구름이 발을 담근 파도가 춤을 추고
안아 온 모든 상념들 푸른 물에 씻는다

오욕을 불태우니 월출봉에 달이 뜨네
달빛에 홀려버린 밤바다 노래하고
바다로 자맥질하는 스산한 맘 벗는다

태산을 바라보니 한라는 하늘이네
산인 듯 하늘인 듯 모두가 하나인데
싱겁고 짭조름한 맛 인생의 뜻 묻는다

오류

뒤뚱거리는 더듬이로
가늠한 소녀의 사랑

그녀는 여름 숲으로 갔겠다

어느 비 오는 날
젖은 마음을 달래려
너에게로 가고
끝내 열리지 않던 너의 문

비틀하는 소년의 발걸음
오히려 빈 하늘을 향해
싱긋 웃었더라면 더 좋았을 걸

이 비가 고이고 흘러
꿈꾸는 강이 되고 그녀는

강을 건너 바라던 마을로 가고

환영에서 깨어난 소년

눈에는 흐릿한 불빛 하나
온통 세상은 오류라고
말하듯 끔벅거리고 있다

냉가슴으로 빈다
벼락같은 사랑 말고
온전한 사랑이었으면 좋겠다고

당신이 좋은 걸

난
당신이 좋아
당신의 미소가 좋고
당신의 그 마음이 좋다
잔잔한 호수에 담긴
푸르른 하늘처럼
하이얀 구름처럼
당신의 그 하늘같은 눈에
나는요 구름이고 싶다

소나기 그친 여름 날
푸르른 숲에서 오는
청량한 바람 그대가 좋다
당신은 언제나 싱그러움
당신의 그 해맑은 속정
당신의 묘한 언어
당신은 늘 그리운 사람
당신이 좋은 걸
난

위로

여름의
한가운데
한 번쯤 쉬어가자

바람이
다가와서
어깨를 안아주며

고마운
위로의 말을
전해줄지 도 몰라

작은 음악회

녹슨 양철 지붕골을 따라
조율 않은 악기소리가 튀어 오르고
옹이구멍 숭숭한 툇마루 위
낡은 귀 떨어진 솥뚜껑에도
소나기가 놀고 갈 찰진 준비를 한다

어젯밤 붙여놓은 파스 한 장
목마른 갈증으로 후끈거리고
미처 갈무리 못한 아미 위 여름이
호미자루에 매달려 울 때
뜨거운 가슴 시원하게 식히는 한줄기

땀에 젖은 청수 목욕탕 수건은
빛바랜 날들을 말해 주는 시간표
빠듯한 한 나절을 툭툭 털고
쓰디쓴 오늘을 비틀어 짜면서
하나 둘 마루턱에 털썩 걸린다

기다란 푸른 잎 흔들리는 군무
양철지붕 식어가는 난타 연주
툇마루에 지짐 익어가는 빗소리
아픈 허리 젖히는 신음 소리까지
여름 소나기가 마련한 작은 음악회

이게 뭐지

여름비
소리가 없어도
소나기라 말할 수 있을까

궁금해지는 것

자꾸만
마음 끌린다면
사랑이라 말하여도 될까

망설여지는 것

가을을 마중하다

바람이
저만치서
열기를 피신하고
눈치도 없는 태양
잘난 체 뽐내지만
너 또한
까만 밤 오니
별빛보다 못했다

누렁이
졸고 있는
대청 밑 그늘에도
여름이 찾아들어
기어코 훼방 놀 제
너보다
고운 가을을
마중하러 가련다

너의 뒷모습이 보여

그때만 하여도
네모 상자 안은 따뜻했고
웃음과 온기가 가득하였지
늘 봄바람일 거란 생각에

어느 날엔가
바람은 무게를 더하고
인생 더하기와 빼기를 배웠어
배어드는 물감처럼 조금씩

뒷벽에 새겨진
너의 환한 미소와 비문(秘文)
말의 행간에 의미가 무엇인지
무시로 너의 뒷모습이 보여

해감 하는 날

자꾸만 따라오는 검은 발
시간을 거슬러 지우는 하얀 발
투명한 햇살에 달구어진
바다의 부스러기 모래는
동행하자 발바닥을 간지럼 한다

오랜 전설로 내려와 앉은
바위가 파도에 몸을 식히다가
지긋한 응시로 자리를 내주며

저 먼 곳에서 노닐던 바람이
한 아름 끌어안고 오는 사연
비릿한 해조음에 귀를 열어 보란다

진득하게 묻어둔 몽돌 사이
지워진 날에 퍼렇게 멍든 바다가
짜디짠 가슴을 해감 하는 날
마른 비림이 스치고 간 뒤
남겨진 공허가 해갈을 한다

비가(悲歌), 비가

오늘은
비가 오고
그 사람 좋을 거다

그토록
비가, 비가
노래하던 그 사람

오늘도
비가 오는 밤
비가를 부르려나

비개인 오후

비개인 작은 부둣가
키 큰 가로등은 아직도
비린내 묻은 눈물 뚝뚝 흘리고

그냥 지나치지 않는 바람
괜한 시비에 덜그럭 거리는
지체가 높아 혼자 외로운 당신

예전 멀쩡한 오뉴월의 한낮
검은 구름이 몰려올라치면
벌써 무릎이 아프시다 던 할매

하얗게 비어버린 무르팍에
찰진 파스 한 장 덧붙이면
반짝 햇살이 튀어 오르더라만

난타

아, 이 소리는
빗방울의 난타

깐소네,
샹송,
재즈

그대 얼굴이 반짝한다

그래야 하거든

이제
한 발짝 조금
조금씩 너에게로 가고 있어

모진 바람이 불어오는 밤
휘청거리는 몸부림으로
쓰러지지 않고 버틸 거야
그래야 하거든
나 너에게로 가려면

오늘
또 조금 한 발
한 발씩 나 네게로 가고 있어

세찬 소나기 쏟아지는 날
온 몸이 다 젖어가지만
보랏빛 꽃 하나 피울거야
그래야 하거든
네가 알아볼 수 있도록

취야(醉夜)

취기가 올라 술렁이는 여름이
기억이라는 애병(哀病)에 걸리어
달을 보며 하얀 소리를 늘어놓고
외진 가로등에 젖은 빨래처럼
흔들거리며 걸리는 밤

따뜻했던 오늘의 곁에는
빈 바람만이 제 갈 길 가는 길
멍한 가슴으로 불러 세워 보지만
어느새 저만치 가고 없잖아

누가 쥐어 준 게 있었더냐
아귀에 힘을 준다 한들
언제나 아픔은 세월의 몫이야

귀를 기울여 기다려도
끝내 비가(秘歌)는 들리지 않고
여름이, 가슴이, 바람이 취하는 밤

능소화 비틀기

오는 사람
가는 사람들 눈
붙잡아 매놓고는
네가 전하는 말
그 사연이 진실이더냐

현혹하는 때깔
가슴 적시는 그 사연
모두가 숙연해질 때

도도하게 곧추세우던 모가지
주름지고 색 바래지니
댕강 사라진 꽃 대궁

그러는 네가
기다리다가 핀 거라고
아직도 못 잊어서 핀다고
그 불편한 진실 믿으라고
그 말이 모두 거짓이었지

비요일 오후

기다리던 님 오고 있어요
반가움에 턱을 괴고 바라봅니다
사뿐히 자박자박 고운 걸음

오시는 길 힘이 드시면
잠깐은 쉬시더라도 아직은
그 발길 멈추지는 말아 주세요

반가운 그대 기다렸어요
메마른 가슴 촉촉이 젖어갑니다
성화 없이 조용히 오시는 길

지치면 잠시 쉼표 하나 찍고
마침표는 젖은 가슴 말리게
한 사나흘 뒤 살짝 남겨 주세요

소나기

투
두
둑

휘 잉
쏴아아
미쳤다

봉숭아
꽃 다 지겠다
그대 가슴 또 젖겠다

뜨락에는

나지막하게
헤픈 속삭임으로
그 우아한 계절까지 쫓아버리고

턱하니 한자리 차지한 뒤
위험한 교태부리더니

머뭇거림도 잠시
짧은 여행이라 위장하며
아침 이슬에 댕강 고개 숙인 날

무성하게 솟은 잡초 사이에
은둔한 몸 애처롭구나

오월의 뜨락에
메리골드 요염한 미소 짓는데
넌 또 얼마나 가슴 저미게 할까

꽃밭에는

화르르 꽃밭에는
꽃등에 불을 밝힌 거다
요란한 환호 소리
바람의 향방을 잃고
나비의 환심 하나 얻으려
기를, 쓰고, 피고, 요동친다
날이면 밤마다 일기를 쓰더라
절절한 사연으로 색칠을 하고
하나의 하루가
호흡하는 오늘이
잠을 잘 수 있는 밤과
하늘을 볼 수 있는 낮이
모두가 그대의 것이라고
오직 집어등에 모인 고기 모습
괭이 나비 한 마리
또 저만치서 빙긋 미소다
말해 뭐해 속고 속이는 것이라
이쪽저쪽 귓속말로 달래기
거침없이 속는 나이들의 재롱
꽃들의 암투는 전쟁보다 더한

총성 없는 잔인한 쿠데타
트로이 목마가 간다
소리를 낮게 하여
주파수를 교란시키며
게걸스러운 난장을 지켜본다
전쟁을 치르는 저 꽃들
꽃물은 질펀하게 넘쳐흐르고
장마에도 씻기지 않는 상흔만
바람이 체온을 내렸다
이제, 꽃, 그대들이여
한번 요지경을 관망하지 않으련
이것도 정이라고
걱정 말이다

소래 포구

비릿한 짠 내 가득 품은
바람이 골목길을 잰 걸음이다

갈매기의 날갯짓 너울 너머
서녘의 하늘은 붉게 타오르고

몇 대를 이은 훈 내가 풍기는
질펀한 사투리의 이웃사촌들

시장의 흥정이 높아 갈 즈음
삶의 올 들이 파도 되어 일렁인다

게 찜통에서 김빠지는 소리는
수인선의 열차소리를 닮았구나

□ 서평

삶의 음미하기를 통한 즐거운 시 읽기

최 봉 희(시조시인, 평론가, 글벗 편집주간)

기나긴 코로나 팬데믹 기간에 많은 이들이 코로나로 파생되는 여러 불편함과 어려움에 빠져 힘겨웠다. 힘겹고 고통스러운 순간을 벗어나기 시작한 요즘 어떻게 하면 시 읽는 즐거움을 만끽할 수 있을까? 문학인으로서 다양한 시도를 해보았다. 그중에 하나가 즐거운 시 읽기를 통한 행복 찾기다.

얼마 전에 신희목의 세 번째 시집 『짱아』를 통해서 시 작품을 읽는 즐거움 속에서 빠진 바 있다. 삶을 음미하듯 적은 그의 속에서 숨겨진 달고, 짜고, 시고, 씁싸름한 삶의 맛을 발견할 수 있었다. 삶의 음미하기를 통한 즐거운 시 읽기를 독자들과 함께 나누고자 한다.

저기요
마음대로 날고
제멋대로 쉬어가는
그대는 바람인가요

이봐요
노래하고 춤추고
마음껏 울기도 하는
그대는 산새인가요

나 또한
미친 듯 저 하늘 날고
목 놓아 울기도 하는
그런 날 살고 싶어요

그래요
날개가 없어 날지 못하고
소리가 없어 울지 못해도
그대가 있어 행복합니다
– 시 「불비불명(不飛不鳴)」 전문

신희목 시인은 참으로 시를 사랑하는 시인이다. 본인은 늘 시를 잘 못 쓰는 시인이라고 겸손하게 말한다. 하지만 시를 쓰면서 즐길 줄 아는 행복한 시인이다. 그는 시를 쓰는 행위를 길을 걷다가 밥을 먹다가 낱알 하나 떨어지면 잔 먼지 툭툭 털어버리고 덥석 주워 담았다고 말한다. 책을 읽다가 다른 사람과 이야기를 나누다가 낱말 하나 얻고 툭 건드려 보고 꿈틀거리면 냉큼 주워 넣었다고 말한다. 그리고 언어의 묘기도 없고 시를 쓸 줄 모른다고 겸손하게 말한다. 그뿐인가. 무명 시인으로서 날개가 없고 울림이 없어도 그대가 있어서 행복하다고 말한다.

조그만 손바닥으로
건진다고 애를 써야
몇 개나 걸리겠어

뭉툭한 손가락으로
찌른다고 용을 써야
얼마나 파고 들겠어

솎아내지도 못한 글밭
시시한 시 한 이랑에
내가, 네가 쓴웃음이다
- 시 「시시한 시詩」 전문

신희목 시인의 시에는 은근한 재미와 행복이 담겨 있다. 은근히 가슴을 건드리는 뭉클함도 있고 재치가 있다. 언어유희도 있고 역설이 있는가 하면 은근한 진실을 담고 있다. 본인이 말하듯 자신의 시는 시시해서 쓴웃음이 난다고 했지만 그의 시는 진솔함이 있기에 더욱 빛나게 한다. 그 때문일까? 그의 시를 읽으면 재미있고 행복하다. 시를 음미하는 즐거움이 있다.

요즘 우리 사회에는 '행복'에 대한 관심이 뜨겁다. 어떻게 하면 좀 더 행복하고 충만한 삶을 누릴 것인지 현대인의 공통적인 관심사가 되고 있다.

심리학계에서도 최근에 행복을 과학적으로 연구하는 긍정심리학(positive psychology)이라는 새로운 분야가 태동했다.

긍정 심리학의 창시자인 마틴 셀리그먼(Martin Seligman)는 긍정심리학의 목표는 우리가 누릴 수 있는 범위 내에서 최고의 행복을 누리며 사는 방법을 탐구하는 것이라고 했다. 그렇다면 행복을 증진하는 방법은 무엇이 있을까? 우리 문학인에게 행복을 적용한다면 무엇이 있을까?

우리의 삶에서 접하게 되는 긍정적인 경험들을 충분히 음미하고 만끽하며 글로 함께 향유하는 것이 아닐까?

시간이 기다리고 있는 곳
시간이 지나가고 남겨진 자리

숱한 웃음과 온갖 슬픔이 배어
무디어진 눈으로 서로를 응시하며
무표정의 얼굴이 스치고 지나간다

어느 때는 팔도의 소리가 난무하고
어느 날은 정적만이 감돌아
을씨년스럽게 혼자 어깨를 감싸고

오늘도 연착한 시간이 오고 있다
번호 틀린 시간이 지나가고 있다
뭉뚱그려진 시간에 목을 맨 인생

회유하는 시간도 있었으면 좋으련만
날 선 송곳처럼 오늘이 관통하고 있다
– 시 「정거장」 전문

시인의 시선은 '정거장'을 통해 회유하는 시간이 있었으면 좋겠다고 말한다. 시간에 목맨 인생이 아닌 음미하는 시간이 있었으면 바람이다. 여유로운 시간 속에서 어떤 대상에 몰입해서 즐거움을 나누는 시간이 있었으면 하는 소망인 것이다. 날 선 송곳처럼 오늘을 관통하는 삶이 가슴을 아프게 한다.

같은 산길을 걷더라도 각양각색의 꽃과 풀들을 유심히 관찰하며 자연의 아름다움을 만끽하는 사람이 있는가 하면, 발걸음을 재촉하며 무심히 스쳐 지나가는 사람도 있다. 똑같은 음식을 먹더라도 허겁지겁 먹으며 맛을 느끼지 못하는 사람이 있는가 하면, 천천히 맛을 음미하며 행복한 식사 시간을 갖는 사람이 있다. 문학도 마찬가지다. 시 한 편을 읽더라도 그냥 아무 감흥 없이 교과서 읽듯 읽어내리는가 하면, 시어에 푹 빠져 깊이 음미하는 독자도 있다.

프랑스의 작가 프랑수아 드 라로슈푸코(Francois de LaRochefoucauld)는 이렇게 말한다.

> 행복은 사물 자체에 있는 것이 아니라 우리가 그것들을 즐기는 데 있다. 다른 사람이 아니라 우리 자신이 사랑하고 원하는 것을 즐길 때 행복해질 수 있다.

인생을 즐길 수 있는 능력은 긍정적인 내적 경험을 관리하는 과정이 아닐까? 전문적인 용어로 '음미하기(Savoring)'다. 미국의 심리학자 브리안트(Bryant)와 베로프(Veroff)

는 '음미하기'를 "인생의 긍정적인 경험에 주의하고, 충분히 누리고, 향상시키는 능력"이라고 정의한다.

"여러분께 드립니다
행운을 드립니다"
네 잎 클로버는
눈 밝은 그들의 몫으로 하고

나의 그대야
우리는, 우리가 가야 할
행복으로 가는 길만 걷자

지천에 널린 세 잎 클로버
그대 한 잎, 나도 한 잎
마지막 한 잎은 고이 남겨 놓자

어느 찔끔 눈물 나는 날
다시 찾아가 볼 수 있도록
몹시 그리운 날, 그날에
- 시 「세 잎 클로버」 전문

눈 밝은 이가 찾는 네 잎 클로버의 행운은 자신의 몫이 아닌 다른 이의 몫이기에 우리는 행복으로 가는 길만 걷자고 말한다. 그리고 그대와 내가 그 행복을 각각 나누고 나머지는 눈물 찔끔 흘리는 날, 몹시 그리운 날에 다시 볼 수 있도록 남겨두자고 한다. 이것이 행복인 것이다.

그래, 그래
이게 좋겠다
모자도 벗어버리고

지금, 이 순간
너의 시간이고 너의 공간이야
네가 있어서 아름다운 날

은빛 모래 자박자박 걸어라
둥이 둥이 울 귀염둥이

그래, 그래
그게 좋겠다
신발도 벗어버리자

여기, 이곳은
너만의 웃음이 존재하는 곳
네가 있어서 행복한 오늘

푸른 파도 찰팍찰팍 두드려라
둥이 둥이 울 사랑둥이
- 시 「울 둥둥이」 전문

둘째로 신희목 시인의 시에는 긍정의 가치를 지닌 시심 속에 행복이 가득하다. 몰입의 즐거움이 가득하다. 아름다운 바다라는 공간 속에서 마음껏 뛰어놀고 자유로움을 만끽하면서 함께 누리는 삶, 그것이 바로 삶의 음미이자 작은 행복이 아닐까?

소슬바람 한 줄기
심심찮게 불어오는 날이면
허연 수염 휘날리시던 어르신
그 발길 언저리에 강냉이 익어가고

맵싸한 향이 풍기는
우거진 들깨밭 옆 작은 황톳길
아직은 햇볕이 부족한 능금
작은 잎사귀 비집고 헤픈 웃음이다

망설이는 여름이 사는 한 낮
기어코 빈틈 찾아온 가을밤
계절이 서로 내통하여
하나씩 순산을 준비하는 들녘

자꾸만 능금 알은 붉어가고
높아진 하늘엔 대추가 영글고
고추짱아가 한가로이 날고 있는
한 폭의 수채화를 펼친 마을
– 시 「의성이시더」 전문

경북 의성마을을 소재로 한 시 한 편, 한 폭의 수채화를 보듯 빨간 빛깔의 이미지로 가득하다. 고추잠자리가 한가로이 날고 있는 아름다운 풍경의 고향 마을이 정겹다.

파란 하늘
자꾸만 높아지는 날이었지

작은 어깨로 쫓는 구름
가을밭 해바라기 따라 빙그르르

그리 빨강이 어울리던
네가 생각나

살살이꽃
지천에 나부끼던 날이었어

호박 넝쿨 사이로 비친 눈망울
작은 깨금발에 넘어져도 웃었지

유독 가을을 좋아하던
너는 어디에
- 시 「짱아」 전문

'짱아'는 '잠자리'를 이르는 어린아이의 말이다. 어느 가을날, 어린 시절에 만났던 그 아이의 모습이 궁금하다. 어른이 된 지금에서야 어린 시절의 추억이 그리운 것이리라. 고추잠자리가 하늘에 가득하고 코스모스가 활짝 핀 가을날의 어린 시절을 추억하면서 그 시절의 모습을 다시금 음미하는 행복이 있다.

셋째로 신희목 시인의 시적 특성은 바로 언어유희다. 고전문학을 읽다 보면 말장난이 참 많이 나온다. 그 말장난을 학술 용어로 언어유희(言語遊戲)다. 언어유희란 말이나 글을 원래 용법과 다르게 비틀어 써서 재미를 끌어내는 말장난이다. 언어유희에는 다양한 방식이 있는데 크게 셋 정도로 나누어 볼 수 있다.

첫째, 동음이의어(同音異意語)를 이용하는 경우. 동음이의어란 소리는 같은데 뜻이 다른 말을 뜻해. '갚아'와 '가파'와 같은 경우가 그 예가 된다.

둘째, 비슷한 발음의 단어를 연속하여 사용하는 경우. 랩 가사에 보면 라임이라는 것이 있다. 그 라임 맞추기가 바로 이 경우다. 예를 들어보면「리리 리자로 끝나는 말은, 개나리 피리 봉우리 광주리 유리 항아리.」리자가 라임을 이룬다. 예를 들면 "시시한 시詩 한 이랑에 내가, 네가 쓴 웃음이다"가 그렇다.

가파도에 가서
돈 빌리면 안 되겠더라

가파도에 가면
외상술은 드시지 마세요

가파도 가실 때
만 원권 몇 장은 기본입니다

자기야, 지금 어디
가파, 가파, 가파도란다
– 시 「가파도에 가면」 전문

언어의 유사성을 활용한 언어유희는 음성 상징을 활용하는 즐거움을 주면서 해학적인 삶의 성찰과 교훈을 보여준다. 신희목 시인의 시에 자주 등장하는 표현 기법이다.

우리
커피 한잔할까요

나의 잔에는
진하게 향을 담아주고
그대의 잔에는
은은한 향을 담아주오

나는 그대를
조금씩 닮아갈 테니
그대는 나를
오래도록 닮아주오

우리
가을의 약속입니다
– 시 「커피 담다, 닮다」 전문

나의 마음의 잔에 커피를 담으면 그 향을 담는 것이고 그 향기를 닮아가는 것이다. 사랑하는 사람을 만나서 커피 한 잔을 마시는 즐거움, 그 행복이 바로의 가을의 약속, 사랑의 약속이 아닐까 한다.

시인에게 시를 쓰는 일이란 결코 쉬운 일이 아니다. 오랜 시간의 고뇌와 퇴고 속에서 빛을 보게 된 시다운 시를 독자로서 만나는 일은 행복한 일이다. 시 읽기가 젊은 날의 나의 즐거움이듯 오늘도 시인에게는 큰 즐거움이리라.

마지막으로 신희목 시인의 시의 빛깔은 붉은색이다. 시집 『짱아』에 등장하는 시어 '짱아'도 그렇지만 '석류, 단풍, 붉은 장미, 백일홍'도 역시 붉은 빛을 지닌 시각적 이미지를 표현하고 있다.

소리 없는 비가 내리는 까만 밤
작은 씨앗 하나 가슴에 담았습니다

밤과 낮의 교대 속에서
은밀한 말 한마디 없었어도
가슴은 자꾸 봉긋하게 부풀어
부끄러움에 붉디붉게 물들었습니다

그렇게 안으로만 영글던 날들
가슴에 가득 영롱하게 맺힌
그리움의 낱알은 어찌하나요
내쳐 달리는 저 바람 외면하고 갑니다

쨍그랑 깨어지는 햇살 한 줌에
참을 수 없는 그리움 한 모금
울컥 토하고 말았습니다
– 시 「석류가 익어간다」 전문

시에 등장하는 붉은 빛깔은 부끄러움이요 그리움의 낱알인 것이다. 한마디로 참을 수 없는 그리움을 그렇게 붉은 빛깔로 표현한 것이다. 시인의 열정이자 사랑이리라.

은빛 머리 휘날리며
바람의 애무를 기다리는
언제부터 너도 꽃이라 했었지

억새의 품으로 들어가는 길
조심스러운 모두 걸음에
푸드득 이름 모를 새가 있었네

숨겨둔 내 마음 들켜버린 건가
노을에 비친 내 얼굴이
더욱더 붉어져 가고

기척에 놀란 민망함인 듯
미동도 없이 물에 잠긴
붉은 노을 눈치채고 일렁인다
- 시 「붉은 노을」 전문

역시 내가 품은 붉은 꽃의 사랑을 날아가던 새에게 들키는 것은 물론이고 붉은 노을에게 들킨 부끄러움, 노을에 비친 나의 사랑을 붉게 표현했으리라. 시각적 이미지를 활용한 시적 감성이 눈부시다.

오늘
하루는 어떠셨나요

해가 저물어 가고
잠자던 어둠이 슬그머니
집을 나와 배회하는 거리

이쪽에선 붉은 장미
저쪽에선 백일홍의 미소
손짓과 몸짓 저만의 향기로
심지 굳은 마음 흔들어 놓는데

올해 유독 귀하다는 벌도
주춤주춤 춤사위 벌이지만
이제는 집으로 가야 할 시간

귀하의
하루는 평안하신지요
– 시 「귀하의 하루는」 전문

하루의 삶을 음미하듯 시인은 평안의 안부를 묻듯 매일 시를 쓴다. 이쪽에는 붉은 장미가 그리고 저쪽에는 백일홍의 미소가 시인의 마음을 흔든다. 시인의 시적 감흥을 흔드는 자연의 모습에 시인은 주체할 수 없는 것이다. 수미상관법을 활용하여 시인은 평안의 인사를 나누듯 시적 감성을 그렇게 펼친다.

지난겨울 어느 날
차가운 푸른 달빛에
몇 날 며칠을 몸살 앓다가
초록의 사랑 보내야만 했던 우듬지

그 가녀린 끄트머리에
붉은 그리움 덜컥 걸리었다

어쩌라고
외로운 맘, 마음 하나 걸어둔 게
이리도 붉게 타 버리나

가기 싫어하는 널
보내기 싫은 나 껴안고 있으면
질식할 것 같은 이 시간이 지나
초록 사랑 다시 만날 수 있을까

식어가던 가슴 다시 뜨거워질까
- 시 「끄트머리」 전문

이제 신희목 시인은 이제 어엿한 황혼의 삶을 준비하고 있다. 푸른 생명을 지닌 초록 사랑은 우듬지처럼 삶의 끄트머리에 와서 붉은 그리움을 하나 갖고 있다. 초록을 지닌 붉은 사랑을 보내기 싫은 시인의 마음은 어떠했을까? 초록 사랑을 다시금 염원하고 있다. 식어가던 가슴을 다시금 뜨겁게 살리고 싶은 것이다. 그리하여 시인은 오늘도 붉은 빛깔의 그리움과 사랑을 노래한다. 아울러 식어가던 가슴에 뜨거운 열정이, 꽃진 자리에 다시금 꽃이 피기를 소망하고 기대하는 것이다.

남몰래 홀로 피운
사랑이 진다 해도 그대
부디 눈물은 보이지 말아요

행여 바람이 오는 날
그대 가볍게 갈 수 있도록
눈물 흔적은 남기지 말자
오늘 간다고 아주 가지는 않겠지

가슴으로 담았던 꽃
소나기 만나 꽃 진 자리엔
한 철 지나면 또 꽃은 피어날 터
제발 서러워하지는 말아요

그대 돌아올 길 위해
사랑이 진 자리에 그리움 심고
꽃 진 자리에 기다림을 심었습니다
– 시 「꽃진 자리」 전문

지금까지 신희목 시인의 세 번째 시집 『짱아』에 나타난 시적 특성을 살펴보았다.
그의 시에는 삶을 음미하듯이 행복이 가득하다. 표현기법으로 언어유희를 활용한 표현 기법으로 시각적 이미지를 적극 활용한 시가 많다. 그래서 그의 시는 행복한 시요, 즐거움을 지닌 시다. 더욱이 긍정의 가치를 지닌 그의 시적 특성은 독자들의 감흥을 살포시 두드린다.

아무쪼록 행복한 시인으로 붉은 사랑을 불태우는 그의 시심에 초록 사랑이 다시금 돌아오길 소망한다. 그의 문운이 활짝 열리길 소망하며 건승과 건강을 기원한다.

■ 글벗시선 177 신희목 세 번째 시집

짱아

인 쇄 일 2022년 10월 7일
발 행 일 2022년 10월 7일
지 은 이 신 희 목
펴 낸 이 한 주 희
펴 낸 곳 도서출판 글벗
출판등록 2007. 10. 29(제406-2007-100호)
주 소 경기도 파주시 와석순환로 16,(야당동) 롯데캐슬파크타운 905동 1104호
홈페이지 http://guelbut.co.kr
E-mail juhee6305@hanmail.net
전화번호 031-957-1461
팩 스 031-957-7319
가 격 12,000원
I S B N 978-89-6533-227-5 04810

* 잘못된 책은 바꿔 드립니다.